KB118455

사랑은 살려달라고 하는 일 아니겠나

황학주 시집

문학동네시인선 124 황학주

사랑은 살려달라고 하는 일 아니겠나

시인의 말

몸안에서 마주쳐 놀랐다
겨울 수선화

2019년 6월
황학주

차례

3부 삶은 여기서 시 쓰는 조건인데

1부

약여히 당신을 살아본 적이 없다

행복했다는 말

메밀밭 같은 하얀 파도의 원단은 캄캄한 내 마음일 것이다
오려낸 작은 점 하나가 옷자락의 물결 휘감는

그 말을 살짝 떨어뜨리듯
두고 가려 한 마음이 뭔데?

나는 그냥,
목이 긴 새처럼 쏙쏙쏙 가슴에 그 말 한사코 박고 있으며
진흙 덩어리처럼 흘러내리는 비를 맞고 있으며

눈앞이 캄캄한데 달려가기만 한 어질한 무늬가 있었다
는 것을
기억하는 마음이
벽으로 서고……

나는 슬픈 생각만을 가진 게 아닌데
너를 사랑한 순간의 시작이 돌아갈 수 없는 순간의 시작
이었다는 아뜩함이 있다

그리고 그 괴로움만 지나면 왜 새 수건을 쥔 듯
말랑한 느낌이 오고
다시 밤과 지붕 밑의 욕실에서 훌훌 벗을 수 있을 것만 같
을까

메밀밭이 끌어들인 달빛을

버석버석 밟으며

물어낼 수 없는 말을 많이많이 생각하며

여기엔 시간이 많지 않다

바람의 쇄골 선을 따라
흔들리며

바람이 불수록
언성을 낮추기 위해
땅에 갈고리를 거는 억새

다시는 당신에게 화를 내지 않게
당신에게

한 가지만 결심을 하게
만조한 내 인생에서

당신이지만 알려주는 게 좋겠다
당신의 손을 잡고 가다
당신을 더이상 떠올리지 못할 때
화를 내지 않을게

날리는 억새 아랫도리를 여며주려
뜻밖에 붉은뺨멧새가 뛰어드는

바람이 먹고 얼룩지고 지워지며
지나는 여기엔

시간이 많지 않다

당신에게 화를 내기엔
약여히 당신을 살아본 적이 없다

우리의 건너편

사랑해—라고 말한 다음에
건너편이 생길 때까지 우리는 밀려간다
건너편까지가 아프고
그다음부터 아픔은 내 옷깃을 잡을 수 없으리

다시 건너편으로

우리는 누군가의 말을 놓치듯 살아가는 걸까
젖은 페이지가 쌓여 한 권 아린 해안이 될 때까지
건너편은 건너편, 으로

그리해서 사랑해—라는
아침의 통화음이 울리는 건너편을
비만 남고 눈만 내리는 무렵의 낡은 전축 소리로 다녀와
보려 한다 지직거리며

언젠가
건널목에서 잠깐 사라지는 사이 마주오는 사람의 얇은 그
림자로 다시 나타나던
생이여
눈앞에 번번이 낙석 지는 사랑을 한 생으로 치고

가장 먼 건너편

한 사람과 또 한 사람이 시리게 마주보는
꽝꽝 언 수평선 너머로
두 생, 세 생째를 좇아갈 수 있다

돌멩이가 두어 무더기 밀려와 앉은 뒤를 힐끗 돌아보며
돌아보며

당신을 위한 작은 기도

첫날밤이 어서 다음날 밤을 치러 노정을 밀고

그날 밤 되던 사랑이 매일 되는 정말 알 수 없는 인연이기를

파문이야말로 수피의 안쪽에 생기는 것을 아무에게도 말하지 말고

마음이 뛰면 감고 마음이 멎으면 풀어도 되는 사랑일 때

생각나는 사람이기를

중간에 알고 가야 할 중간에 언제 또 이 길을 만날는지

그 갈라짐을 어루만지며

당신만을 위해 살아 돌아오기를 독이 올라 살아가기를

어느 날 보리수 밑에 떫은 듯한 불똥 한 접시, 당신 것일까

그러다가 손가락질을 해대며 불쑥 꿈에 나타나지는 말기

당신은 내게 너무나 첫사랑을 못한, 그렇고 그런 사람

민들레

백약이오름 암반 틈서리
민들레 하나가 오르다 죽었다

실낱같은 페달을 밟아
바위에 뿌리가 박히는 종자는
참 대단한 등외품일 것이다

고독의 입체적인 망명이다
시야,

옆에 핀 꽃에게 도리를 다할 필요 없는
너는 이제 민들레가 되었단다
바위에 떨어진
절름 절다 부스러진

수선화 위에 내리는 눈

수선화 위로 눈이 온다
어두운 눈송이 하나쯤은 수선화로 피어야 한다

말라깽이 꿈을 하나 받아
녹는 자리에 다시 놓아주는

수선화는 한 방울의 눈이 단추를 단 주머니가 있고
그 안에 데데한, 기다리는 사람이 있어 병이 도지는
약조(約條)까지 있다

그러다 빙설(氷舌)이 도톰하게 밀고 나오는
그 방에서 누가 잤을까

노란 단추를 끌러주는 수선화 안으로
적령기 넘긴 눈빛이 주춤주춤 끼어들고

대정향교* 돌담 밑
당신과 희끗희끗 섞은 살이 거짓말을 하진 않았다

당신을 생각하면
사랑은 오직, 이라는 말로 꽃처럼 떠오르고 잠기는바
가지 말라는 뜻이었다면 아, 그런 말이 세상에 어디 있나

그중 검은 눈물 든 한 송이가 피는데 어쩔래
저 꿈의 한 잎이 마저 지면
그 잎 쓸고 가는 누군가는 마냥 절버덕댈 것인데

* 서귀포시 안덕면 사계리에 있는 향교.

어떤 작곡

숨죽이고 있는 어떤 곡이

수중에 여무는 중이라는

생각에 빠졌다

무더운 슬픔이 구덩이를 안고 담팔수 밑에 쓰러졌으니

곡을 살리고 있다고 할까

고요가 곡(哭)한다고 할까

그게 사랑이라면

짓고도 하염없는 것이라면

생머리를 질질 끌고 내려가 연못 구덩이에 넣은

내 곡이 맞다

그 밖의 웬만한 일들은 잊을 수 있는

수련을 덮은 검은 못 속에서

—

밟은

뺨, 맞은

소리가 산다

—

노을 화첩

나는 노을 내리는 멀리에 쪽문 하나를 갖고
나는 봄이 될 때까지 눈 내리는 나무 위에 으름덩굴을 올
리고 앉아 있을 텐데

제 얘기만 하며 계단을 올라가도 사고를 할 수 있는 거냐
제 얘기만 하며 내려가는 동안에도 사고를 할 수 있는 거냐
계단에서 시간이 충돌하느라 잠시 멈추는 듯하다

물새들이 대략 붓질을 하며 물위를 날다가는
그 분량 터무니없는 인생이 가고 있다 하늘의 빈칸 밖으로

그래도 노을인데
받을 곳은 사람의 눈, 그 깊은 헛간밖에 없어

문득 쪽밭 있는 눈 밑이 붉어지고
희끗희끗 버짐을 바르며
지는 것들의
얼굴 피다

오늘은 둘러둘러 갈 생각이 없으니
같이 살자고 해버리나
노을은 만지고 싶은 뱃살로도 슬몃 부풀어
괜히 수줍은 자세인진 몰라도

꼭 그게
불행 같진 않아서
홍당무가 된 얼굴이 쩔쩔매는 말로
내 얘기는 없어도 되고
욕조는 당신만 써도 된다고

아, 노을은 왜 저렇게 사실적이어야 하고
고만큼 둘이 먹을 만큼도 가진 게 없는 시간인 걸까

말이야 못하겠는가 노랜들 못 부르겠는가
뚝, 눈 그친 날의 보라색 침묵이야말로
이 장르의 가장 진한 사담

그래도 같이 사는 것은 아닌 것 같아, 에 대해 하루에 몇
가지를 알아버리고 울던
화첩엔
암자색으로 뭉그러진 바다가
꽃베개 하나를 올려놓으며 조용히

진다

사랑은 살려달라고 하는 일 아니겠나

사려니숲길을 가는
그 마음 다칠까 되부르지 못한 일이
사실은 단둘뿐인 먼길을 간 것인지

야윈 눈청에 빗금을 다는 저녁은
눈이 어는 길만 밟듯이 오고
사랑은 무엇과도 달라야 한다
이런 생각은 노루 혓바닥 같은 야생을 핥고
혀를 깨무는 소리를 돌아나오는 거기도 하지만

사랑은 살려달라고 하는 일 아니겠나
이젠 전화도 가지 않는 옛날에게
사려니숲길을 걷게 하는 건 아니지

막 숲을 벗어났다 돌아오는 메아리가
때죽나무 하나를 두르고
성냥불을 쬐며 쿨럭이는 뽀얀 영혼을 덧입는다

죽을 거 같은 채로 시작된
그런 그 사랑 지나갔나 싶은
길은 끝까지 촛농이 떨어진 얼굴색이라 여기고 마네

뽀삭뽀삭 눈에 밟히는

그 사람 오지 못한 길에서
그 한 사람, 마주치는 일

눈밭 한쪽에 볕이 들어 놀라고만 서 있는
쓸모없어 사랑은 신비롭다 우산도 없는 나

아끈다랑쉬*

억새들은 억새가 분명한 억새끼리 말하는 중이지만

한 줄의, 가느다란
자기만의 구멍을 불어보는 억새
거기 와서
물에 빠진 우리, 라는 발들

다들 가까운 사이 아니었나
미안해서 옆에 그냥 서 있는 억새를 붙들고
말이 꼬이도록 울지 않았나

나는 기억하지
바람이 그린 억새의 나이테
그리고 같이 뒹굴거리며
꿩, 들쥐가 드나들어 달아오르던 하루

그리고 뿌리와 발 사이의
어둑발 속에 생각의 화염 속에
한 억새가 한 억새를 어루만지려
같은 방향으로 흔들리지만
같은 피리를 쥐고 부는 것도 아니라는 것

겨울난 새도

어디선가 저는 다리를 뻗으며 제 이야기를 하겠지만

욕망 속에 더 진하게 이해했던
바람 아래
우리

그렇게 외롭지만 않으면
뜻은 몰라도 되지 않나
내 사랑에 대해선 아무 말 안 하게 해줘

* 제주시 구좌읍 세화리에 억새밭으로 이루어진 작은 오름.

사람이 있다는 신호가 간다

가시나무숲에 가루눈을 청해놓고
비누질을 하듯 새가 가지를 옮겨 앉는다

어디선가 방을 옮겨다니는 그대가 없다면
새도 나처럼 아픈 걸 몰랐을 테지

어제보다는 춥고
엊그제처럼 춥지는 않다
내 날일이란 아무래도 그대의 발자국 위에
발소리를 얹고
눈언저리에서 그대 곁으로 긴 먹줄을 놓는 일

육 일 동안 일한 사람이 눈 속에 있다는
신호가 간다

길 밖으로 나간
눈의 조류 위에 음유가 날아다니네

이런 날 무슨 일이 날 것 같은
미색의 고요와 마주하면
그대가 몰래 보여준 발은 발가락이 잦혀 있었다

묵즙 같은 허공에

목발을 내리고 앉은 순간의 발밑
평화롭기까지 한 가시나무숲의 눈

가시를 쥐는 법이 너무나 예쁜 그대에게 빠져
가끔은 여기서만 보이는 단안시(單眼視)에 한 발을 넣어
버린다

새순 돋아날 자리에 가장 많이 쌓이는 눈을 보며
그대는 일주일 전에 반대편에서 길을 떠났다

어느 생신날

관을 짜는 목수 아버지의
어두운 부엌에서만 나타나던 어머니
인사 받으세요 한쪽 눈만 깜박이며, 식사예요

아버지는 생선 눈알까지 먹는 것도 잊지 않았다
한쪽 눈을 감은 어머니의 거뭇한 장국엔 달 하나
보이지 않는 문지방 밑으로 북채를 들고 나갔다 오는 일
도 잦았다 가슴을 치며

모든 눈송이가 한 눈송이를 에워싸고 내리듯이
가엾기만 한
생신날
어머니는 솜뭉치를 눈에 넣고 창을 열었다 거기서 바느질
할 게 남은 빛이 들어오는 것도 봤다
아버지가 짜주는 관 속에서 두 아들은 돌아 키를 재고
거수하세요 피는 그만 그쳤으니 혼자라도 어서 나중을 생
각해요

어머니는 아롱지며 맺히는 걸 싫어해
사실 눈을 꼭 믿지는 않았다
부부의 연을 죽기까지 끌고 가는 자가
한쪽 눈에 뜨면 다시 건져내던 자기 결심의 가마발간 눈
동자,

창밖으로 물을 버리지 마라
창 밑은 내가 기대앉아 생각하는 곳이니

아버지가 돌아오면 물 흥건한 곳만 피해 같이 묻어달라는
삐친 눈썹 속의 죽은 점처럼, 그 말은 박힌다 깜박거리며

나도 눈 하나를 어둡게 그릴 처지가 되어 불면에 시달린다
순백색 자갈 하나를 눈에 얹은 피라미처럼

참 예쁘다 못난 시

그만 자,
라는 쩡한 말
분장을 지우고

물 한 모금, 행을 맞추고 혹은 나누고
잘 자
사이렌 소리 들으며 그만 이대로
시를 쓰는 밤에 나오는
그 말

참 예쁘다

빗물에 고인 이층집
일층과 이층 어디에서
모두들 나뭇잎 한 장으로 잠에 들 때

정거장에 나가 있는 얼굴이 아까운 가을이여
마음을 돌리고 전화번호조차 갖지 않은 사람의 불빛은
작달비를 건널지

결코 에두르지 않을
죽음과
날마다 나란히 일어날 테니

눈먼 내일을 둘러볼
양초 토막이 찾아보면 어디 없을까

간유리를 통과하지 못하는
빛에 알맞은

사는 일의 행간엔 죄다 시 쓰는 사람뿐이라 해도
참 예쁘다 못난 시

2부

될 수 있으면 마음이란 구전이어야 해

풀죽은 것의 시

노을이 채광하는 어느 날

거기다 대고

풀죽은 영감 하나 지퍼를 내리며

두리번거리며

아, 우리 이러고 가게 되었네

예전에 홍곡(鴻鵠)에게 견주며 괜히 가득해져 내려오다

손에 묻은 몇 방울을 털며

서서 생각해본

방울진, 방울이 간당간당한 인생

오, 우리 사정을 생각하자

거기다 대고 버들강아지 일제히 딸랑이 흔드는 봄, 짐짓 보리바둑도 끼워주는 봄

참 그런 생

갈지자로 걷다 문 앞에 소금 뿌리는 별과 딱 마주쳐 허리
가 넘어가면

거기 가 눕는 것일까

풀이 죽을 때 손이 얹히는 곳 계속해서 계속해서

시를 써야 하나

키스

혼자 가는 죽음이

한순간 둘로 목격되는

키스 키스

깨물린 입가에 눈이 가는지라

태연하게

백설 내린 가슴의 보리순으로 너의 발 앞에 두루마리를
깔아보자

낮과 밤이 지난 뒤에도

어디선가 밥물이 넘고 입속에 넣어주는

노동하는 긴 손가락,

솔기 미어지는 사랑은 어디까지인가

길길이 뿌리치며 소리치며 함께 먹는

백반과 사이다

얼굴에 바퀏자국이 모두 지날 때까지

입술은 촉촉이 부디 입술은 촉촉이 남겨두자

다음에도 선을 넘는 꼬부랑글씨는 입안에서 각설탕처럼
녹는데 마음에서만큼은 모호하려나

향하는 곳을 모르는 사이로 자고 싶은 배려가 키스를 달군

달콤한 말썽뿐인 날들

한 알의 가루가 깔때기 속으로 내려가듯

우리 키스는 어딘가로 이끌리리니

사랑한다는 것은 그걸 사랑한다는 것이었다

내가 죽었다고 누가 정신없는 소리를 하면

제주가 처음인 여자를 만나
내가 여기 오게 된 갑오년의 홍조를 말할 수 있다면

어느 아침 창백하고 큰 새가 창문 앞을 지나는 것처럼 놀랍겠지요

노래의 면발을 끌고
길게 길게 삼나무 위로 올라가는 새의 머릿속에 들어가

내 이름을 쓰려는 성씨들을 다 풀어주는 일을 한다 해봐도
그게 몸집보다 큰 흑판을 목에 걸고 조롱 속을 날아가는
거였다 해봐도

그런다고 붐비는 지하철역 어디에
누가 그런 소리를 쓰겠어요

할 수 없는 노래가 타고난 사주에 있다지만 그렇다고 그렇다고
방심(芳心)을 딴 세상에서 벌어오겠어요

세상을 보며 나를 보면
사실 살아서 부를 수 있는 이생의 노래는
허방 위에 자신의 지하를 심는 거와 같지마는

나 아직 제주 바다의 홍조로 봉한 딴 주머니를 털어놓기
전입니다

그런데 내가 죽었다고 누가 정신없는 소리 하면
내 여자 혼자 흘러온 성질머리가 티 안 나게 울 데 있겠
어요

공중에 새의 이마를 꿰매는 의사가 있다 해도
예쁜 거로 치면 지상의 밑바닥
톳 무친 저녁 호호 불며 맨바닥의 한기에 옷을 입히다
흘린 소리들을 닦으며 삽니다

뜨고 내리기를 자주 하다보니
바꿔가며 하늘과 땅의 구김에 한 번씩 풍덩 뛰어든다는
생각이지만
붙이면 서로 붙을 법도 한 두 원경(遠景)
공중에서 새소리 한 줄이 전력을 향해 떠나면
백지를 내놓고 나도 방아쇠를 당기는 거지요 사력을 다해

사묵사묵 비가 오는 조금치
이 이야기를 하고 싶네요 여기가 제주구나 싶으면

하루

계속해서 한곳에 살고 하루가 간다
정신이나 밥상을 차리는 일일까 다 같은 이름일까 하루란

입는 옷은 같지만
날마다 길이가 달라지는 세상 한 귀퉁이에 걸친 채 뻗대
고 살고

벽에 걸린 몸의 윤곽은 아픈 데를 다린 것이다
살아서 죽기까지 하던 날도 있었지만
숱하게 죽어서 살아가는 일이라도 마다하지 않았다

그때 참, 괴로움의 궁극에 내는 신음 소리가 유리했던 건
사실이나
그런 시도 간 곳 없고

누구나 시간에 말려
결사를 몇 번이나 하는 순간을 사는 건데

오늘까지는 변화가 빠진 것 같고
내일부터는 변화가 없을 것 같다

물크러지는 냄새에
영혼인가 싶어 제 살 속으로 젓가락을 찔러봤던 잘못이

가장 이상하다

하루라는
저린 두 팔과 두 다리를 물끄러미 내려다보고 있다

서귀포에 홍매가 피고 이순은 듣는다

이삼일
눈 내리는 틈으로 꽃이 핀다

틈새를 가르고 나오는
꽃의 경련
거짓말 같은 둥긂을 귀기울여 듣는다

맨 나중과 제일 먼저 대화한
갓난 꽃이 피었구나

하얗게 내리는 진흙 송이를
눈에 찍어 바르며 가는 기러기
기러기 날갯짓에도 꽃이 부푼다

아주 삭는 듯
아주 잦는 듯
작년에 가던 순서대로
꽃들의 몸이 꽉 찬 씨앗을 받아드는
이순

둥긂의 초성(初聲)을 귀기울여 듣는다

북촌

동백은 참 오래된 곳에 돌담을 두고
얼어붙은 하늘을 돌아간다

앞갯물에서 그를 만나
북촌초등학교*에 이르자 눈발 속이었다 하얀 꼬리로 디
려 오는

첨벙첨벙 물 건너온 하늘을
새만 알고 있는 것은 아니려니 해도

내가 만난 몇 사람의 끝이 이렇게 슬플 수가 없다

순례란 가장 부인했던 순간마저 데려가는 것이려니 해도
너븐숭이에 찾아오는 눈송이
믿을 수 없어서 오고 또 와보는 것이라면
봄이 몰려가는 곳이 눈 내리고 내리는 여기라면

금잔옥대,
몸을 받치어 꽃이 봉오리를 미는데
칠갑, 칠흑, 칠순과 잘 어울리는
몸속에 아픈 알뿌리를 대체 그걸 왜 지니고 있게 되었나

휠체어를 밀며 그는 눈보라 쪽으로 나가고

지상에 감아둔 다리는 어디에서 자라고 있다고 할까
　　지금껏 당팟에서 내려오지 못한 하체로
　　사랑하는 사람과 사는 세계는 또 어디인가

　　한 사람에게 무덤 하나면 되는 것이려니 해도
　　갈기갈기 찢긴 사람의 무덤은 몇 개로 할까
　　언 콩짜개덩굴을 토하고 잔가지를 갈기며 늙어가는 나는
어떻게 할까
　　그의 눈에 새똥이 섞이는 것 같지 않은가
　　눈빛이 찢어진 접시에서 흘러내리지 않는가
　　목을 잘못 누인 무덤이 보이는 것 말고도
　　어디서 내 귀를 잡아당기는 것 말고도

　　우리 자신이던
　　삶과 죽음이여,
　　우주의 흰 보자기에 싼 삶과 죽음 둘뿐이어서 둘을 선택
하지만

　　지상의 모퉁이 설동
　　포도처럼 눈 어두운 여행자 한 사람을 향해
　　오래된 별 떨기는 바가지 밑을 박박 긁어보는 것 아닐까
　　물 한 모금도 독차지하지 않지만
　　그 무슨 외로움으로든 날마다 빛을 내려주기 위해 제 살

깎는 것으로

그래서 이런 날
세상을 찾아오는 열안이
어디선가 응아응아 울고
좋은 작품을 본다는 듯이
곧잘 따라 웃기도 하지 않는가

눈동자에 젖은 석분이 들어갔다 나오는
조천에 눈이 온다
죽은 무용수를 공중에 업고 가는 무용처럼

* 제주 4 · 3 사건의 대표적인 유적지.

노을을 위한 근정(謹呈)

꽃에서 꽃물을 들어내는 눈에나 보이는
묘한 다저녁때

당신이 맑은 보석을 맡기고 간
하늘의 전당포에도
물결은 북을 치듯 울렁인다

객지가 이렇게 넓은데
찾으러 올 일을 생각해보는 때마침의 노을빛이란
망연한 인연의 이목구비일는지 모른다

눈을 뗄 수 없어 끝이 안 나고
발이 떨어지지 않아 지지 않는
이별들

가는 자에게나
남는 자에게
꽃다발은 묶이지 않는 꽃들을 남겨둔다

노을은
당신의 애달은 얼굴을 메우고 흘러내린다
섬섬옥수라는 굳은 데와 터진 데를 다 지난다

툉퉁 부은 눈으로 왔다는 사실과 상관없이
점성(占星)으로는 사랑운이 아직 있다고 이야기해줄 것
이다

밤이면 요 위로 나란히 괴어들던 우리도
어느 한쪽의 소식이 끊어져
한동안 서로 인질을 놓치는 사이

어린 어머니여
내가 갈 때까지
육신이라는 화단은 더 망치지 마시구려

해변고아원

눈 쌓인 해변고아원,
쩍쩍거리며 새소리 나는 지붕 밑에서
꿈을 구하려던 것은 생의 결 때문이었으니

눈보라 앞이 보이지 않을 즈음에도
먼길을 몸밖으로 떠날 일 있는 거지

해변에 간짓대를 세운 아이들이
포켓북에 들어갈 만한 공을 차며 노는
작은 발들 앞에
영혼이라는 증인도 구른다

그러나 꿈에 고기를 잡으러 가
상거가 오래된 아이를 굳이 불러내지는 말자
될 수 있으면 마음이란 구전이어야 해

아무 표시도 나지 않는 행복으로
바지 주머니에 불룩하게 귤 하나를 넣은

하얀 눈보라 끝에 천리향이 보이고
모든 나무는 혼자서
가슴에 울렁이는 것
흔들리는 것으로

어느새 특이해지지

수만 송이 꿈이 다른 한 송이 꿈을 꺼뜨리지 않는
눈 오는 해변에 살자
눈가에 있는 것이 눈물점이라는 말이 귀에 또박또박 박
혔으나

그래서 사랑하는 사람을 굶기고 싶지 않은 슬픔을 알지
못하는 것만큼은
용서할 수 없다고 말하자

눈덩이를 만들던, 약간 손에 넘칠 만한 크기의
꿈이 뭉칠 만한 부피가 될 때까지 호주머니에 넣고 있던
눈 쌓인 해변고아원

외로운 곳을 흘러가는 것이 손쉽고
생일상이 없는 것이 좋았으나
오래 입은 마음을 벗으니 아프다 연락해

섬의 어디에서나 보이는 미궁을 산이라 하고, 또래들은
그걸 품고
똑같이 고아원을 떠날 때가 된다

슬럼프

근황을 묻는 장거리 전화가 왔다
나는 문을 열어두고 며칠 빗소리를 들었다 했다

비 그친 해안도로에 쪼그리고
거북이 지나가기를 기다리는 일,
그 이야기까지는 어떻게 할 수가 없었다

볼만한 구경치고
고독이 이렇게도 느린
이 헤엄을 배우기란 쉽지 않다

땅거죽에 깔린 가슴으로
마음을 누르며
부글거리는 체온이 식지 않게

등이 된 포물선 위에 별빛 반지라운
밤을 홀로 보낸다

이러면 귀갑(龜甲)까지 붉어오는
부끄러움이 이국(異國)을 이룰 때인데
눈을 내리깐 자의 눈빛

발을 뒤로 저으며

가장 화가 나는 곳으로 가고 있는 근황을
어떻게 이야기하리

나의 노래

오늘도 즉흥곡 끝자리에 앉아 있자니
파도는 제 몸의 관절들로 다시 기억을 꺼내오듯
밀려온다

등허리 굽고 흰건반
가장 약하게 온 파도에
실을 수 있는 음만 없은

내 시간이 끝날 때
내 이야기가 빠진 그 음을 누가 이야기하지 않겠지만

정녕 마음은 음력(音力)의 해안을 바꾸며 산다 할 수 있네
물이 들고 날 때마다 낯이 변하는
노래는 어디까지인가 불어가고
아, 누군가는 나를 흩어지는 음으로만 가질 수 있지

그중 전갈 없이 오는
즉흥적인, 그날의 두 눈동자가 가장 아름답다
찬 건반(乾飯)을 입에 넣어주며 탄산 기포처럼 방울지며
세월을 보낸 적이 있다

창을 열면 누군가는 들어보지 않은 곡을 두번째 들을 수
있을 텐데

그게 나의 노래, 어쩌면 어려운 노래   —

—

매화상회 앞으로 눈이 몰리기 시작한다

문밖에서 큰 소리로 밤눈이 내리기 시작한다

고생고생하며 어디야

사람들 가운데서 멀쩡하면 찾아지지 않는 여긴 어딘가

병자가 윗옷과 가슴 사이에서 주먹만한 품 하나를 찾는
평원으로

밤눈이 찾아온다

그래도 한자리, 에 있다는 가망이 언젠가 있었지

무밭에 던져진 어제는 오늘 옆에 꽂혀 있지 않고

정신은 정신 안에 들어 있지 않고

여기저기 비어 있는 집에 이면지처럼 하나씩 입관된 나는

어느 가문인가

매화도 몰랐을, 제주가 이렇게 추웠나

그나마 꽃이, 검붉은 목안에서 터지는 게 아니라서 안심
이 된다

어디야

늘 춥게 살아야 성격이 나온다는 듯이

죽지 않을 만큼 얼고

달리 내게 고슬고슬한 나라가 있지도 않지만

갈변하는 사랑을 꼭 쥔 사람인데, 콕 집어주며

젖은 눈이 찾아온다 장의상회 앞으로

그래도 대답하지 말자 내 정신의 가부좌와 가담자가 어
디 있는지

잘린 나무에 사철 뜻 모를 매화를 용달시키고 질문을 받
지 않는 신에게는

사랑을 나눈 직후

그날 늦은 밤은 서랍을 빼다 둔 듯이
별들 사이에 걸리고
마침맞게 내 손엔 당신의 묵주반지가
쥐어져 있었다

갈참나무가 있고
감기는 눈들이
나무 범위 안에 달려 있었다

오일육 도로 숲 터널을 지날 때까지
왼쪽 허리 밑에 담요를 받치고 있는 뜻을 몰랐고

몰랐다면 나중에 어긋난 뼈가 악기인 사람이 있다는 걸 알았다는
뜻이다

그날부터 옆으로 안는 법을 고안
서로의 어깻죽지가 되는, 우리 사이에 이는 비밀의 서랍
을 가지게 된다

사랑을 나눈 직후
비틀어진 골반에 늦은 단풍이 달렸다

그럴까요, 감전 뒤에 온 정전   —
마른 등의 낙수받이 밑에 있던 뼈인지만 더듬어보지요

벼락 맞은 비자나무

너무나 사랑하니까
나중엔 죽은 쪽이 산 쪽을 데리고 하는 것처럼
산 쪽이 죽은 쪽을 데리고 하는 것처럼
춤은 퍼져나갔다
난 괜찮아
뜨거웠던 거뿐이야
그 밖엔 너를 잊는 방법을 모른 채
벼락인 척 양 허벅지를 검게 태웠다

3부
삶은 여기서 시 쓰는 조건인데

늙은 버드나무 밑에서 물때와 말을 맞추는

갯고랑의 끝에 힘 빠진 필적으로 그물을 쳤다
식구들은 길 잃은 사람으로도 다시 들어오는 기척이 없다

혼자 키우기 시작한 귀에
단청으로 들이곤 하는 물소리

물때와 말을 맞추고 있는 노인은 신발을 찾고
나무좀 갉는 소리가 나는 집이 여위고 있다

무슨 말 뒤에
무슨 일이 있었던 삶은 더 아리고

갯것들의 물렁함 속에
나의 배꼽이 다음 말의 탯줄을 물고 있을지 몰라

이생은 여섯 물 일곱 물 물때 여수고
한 겹 한 겹 헐어 지은 집안엔
대대로 적막이라는 지지가 있어야 할 꽃나무가 자란다

이왕 말이 난 판이니
숱한 풍문의 뿌리는 대문 밖에 뒤집어 올려두리

그리고 간다

입맛을 잃은 아름다움을 뒤로하고
생달걀 뭉개며 지고 있다
남쪽의 여름은 소리도 없이

검은여에 와서

바다가 여닫이문을 닫을 즈음
물때와 베개를 같이 벨 즈음

모두들 잘 있는가
식상해서 어쩌고 있는 걸까

문득,

붉디붉은 눈동자
해구에 걸리면

검은여 검은여 중 하나를
풍경(風磬)처럼 불러낼 수도 있으리

물위에서 뒤집으며
물속에서 다시 꺼내며

예전에 돌이라도 뽑으려 했던 건
끓는 노구솥에 제 뼈와 털을 고아 마시고자 한 한순간을
살려던 건
삶을 그리고 그린 까닭

삶을 그리고 그리며 오게 된

검은여 앞에

겨우 앓으며 웃으며, 썼다 지운 일을 한 손으로 주물러
놓은
낙조

이제, 물끄러미
썰물 뒤로
이렇게 하루를 미루는 것이고
다른 한 손으로 어떤 하루를 살살 돌려보내는 것이기도
하리

전깃불이 나가면
베개란 한 아비가 품에 안고 바닥없이 떨어지는 유일한
세계일 텐데

모두들 잠은 오나
모욕을 어쩌고 있는 걸까

모드락 모드락*

연통 하나만 달린 모양새로
겨울을 지나며
눈은 창밖의 귤나무와 부딪치지만, 내가 앉은 쪽은 다 오
지(奧地)

헌 돌집이라도 좋지만
버리고 가지 않는다면 따라오지도 않을
자유와 오늘을, 순도가 낮은 순서대로 펴본다

그리고 나를 위해 발광한다고도 할 수 있는
어디선가 궤도를 그리다
뜨거운 알전구로 내려오는
외로움에 대하여

허공은 이 땅에 세워진 길들의 또다른 태중(胎中),
이라는 말로 다가가면
경솔한 사랑으로만 방문할 수 있는 청춘을
이제 천국으로 고쳐 불러도 좋지
거기 나를 데려간 단 한 번으로 관계를 지속하지만

청춘에 다녀온 게 내 몸이 아닌 것 같은
어쩌면 그게 나를 떠돌게 한 이유인지 모른다는 생각이
책상 앞으로 되돌아온다

별들의 키스 신이 있어 사용량은 기본 그대로인
귤 파는 길모퉁이
시골집 하나

더듬거리며 들어와 모드락 모드락 자리하는
이 빠진 별빛들

* 모여 있는 모양을 나타내는 제주 사투리.

다시 그걸 뭐라고 불러

누가 저렇게 해풍을 응대하며 살아가지

꽃이 되었으나
꽃으로 될 수 있는 게 뭘까, 묻는다면
그야 바람도 제 의지로 다니는 것만은 아니라고 달래주
리요만

작아서 기억되는 꽃 중에서 신부를 삼고 싶은 걸
울대를 조이며 두리번대는
해국 점자들은 또다시 이곳에 피어나지
한줌 흙을 돌 겉에 토해

숙여서 해줄 수 있는
형태이면
두 손으로 책을 펴거나 꽃을 심는, 맞절이 좋을 것 같다
이런 풍토에서
나는 몇 평 안 되는 소원으로 예식을 올리는 것이니

점점이 명치 주위에 박아보는
연한 마음의 자줏빛 봉지들

영혼의 금빛 목조 처마 위에 하나둘 떠오르는
너를 어떻게 버려, 그걸 뭐라고 불러

해국인데
바람 같은 자의 밑자락을 거머쥐는 종류인데

갈라진 손금을 끌어다 눈에 대본다

열이 떨어진 당신의 손바닥에 입을 맞추고 그 손을 끌어다
차례로 내 양쪽 눈에 대본다

눈이 젖은 건 두시쯤

비가 온 건 세시쯤

당신을 태운 건 여덟시 반

나는 당신에게
한마디만 하자는 식으로 붙어 있다

당신의 손바닥에 씨앗을 심어두고 종이 위에서 기다리는
일이 하나
따숩고 어둔 뱃살에 꽃순으로 우는 눈을 뱉어두는 일이 둘

살다 죽다 두 번 관계한 여름

올려도 계속 내려지는 손이 내려도 계속 올라가는 손이

오목하고 긴 울음으로 쓸개와 젖가슴 사이를 밀어가고 밀
어간 밤

사랑은 내 중심의
끈질기게 당신을 어루만지려 한
늙어가는 손이었다

내가 어떻게 네게 왔다 가는가

비는 때마침 잘 오는 거 같아
잎사귀 안에서 연하게 바깥으로
빗소리들이
내 앞으로 몰려든다

함께 오는 것으로는 이명,
그 항로 없는 새들도 지저귀는 것으로는 얼마나 빡세겠
어 아름답겠어

오늘도 제주도세요, 너는 묻지만
늦도록 책상다리를 하는 내 직업은
이삿짐 박스만한 말을 고층에서 조용히 내리는 것

그 길에 데리고 나온 인생은
지금 생각하니 그럴싸하고 찬란한 감정이었다
빗방울, 세간엔 우리가 밤봇짐으로 가장 어울린다는 말
도 있는걸

하루에 빗소리 한 줄을 받아쓰며 파이는
찬 오늘밤
내일 밤
너는 무얼 할까
내 나이쯤 되면 무얼 하고 있을까

어느 날 손등에 떨어진 촉농 머금은 입맞춤부터
파인 곳에 들어갔다 나올 수 없는 눈물까지를 애써 살고
큰 나무도 없어 눈 둘 데 없는 막연한 해변을 구르며

어느 빗방울에 하냥 빠진
밤의 바퀴처럼 떨어진 어처구니처럼

내가 어떻게 어린 네게 왔다 가는가 어떻게
이명 안에 일생 흔들린 짐수레 하나를 세워두고
그만 늦겠다고 하는가

먼저 자고 가는
이것을 춘몽이라고 말할 수 있으려나

북에서 내려온 사람처럼

꼭 누구에게 해야 하는 이야기는 아니지만
사람의 기도로는 무난하지 않을까

북에서 내려온 사람처럼
살아가기를

북에 아는 화상이 있는 건 아니지만
대부분을 북에서 살다 와
여긴 참 꽂히지 않는다는 듯
혼자라는 검정 속에 눈동자가 차지하는 외로움을 닦는다

물체 뒤에 앉아 있다
더 뒤로 가는 것으로 결론이 나는 느낌

나에게는 눈물점이 매력인데
그 점이 사라져 우울한 나를 아무도 모르는 날이 생기고

낙질이 된 책을 베고 잔 아침
뒤숭숭한 먼 곳이 와 입술을 대고 있다 해서 노안(老眼)
이다

그냥 하던 기도를 다시 하며
구사일생, 눈이 마르는 석호에 들어가 말을 타련다

바람 부는 날

돌의 유전

백 리 떨어진 곳에 돌이 있었고 어느 해 식전 댓바람, 그 모가지 비틀어서 끌고 아버지가 왔다

힘을 주어 쏘아보던 어머니는 어느 날 그 돌 헤치고 외할머니의 석종을 꺼내 달았다 바람이 처마에 와서 부시게 벙어리를 쳤다 시름시름 앓던 누나는 돌 속에서 울음이 터져 살아난 노래

하루는 얼굴도 손발도 아주 작아진 아버지가 돌 속에 들어가 무릎을 껴안은 게 보였다 나 버리면 죽어, 어린 아버지가 건장한 아버지에게 악다구니를 썼다

누운 아버지는 가벼이 들리는 아버지가 무서웠을까 한 장 한 장 안아 든 아버지를 내 손이 넘겨본다 어느덧 찢겨야 할 페이지를 내 손이 쥐고 있는 것 맞는데

우리는 누구에게 종이 되는 것인가 돌 속에 가쁘게 태아를 심었던 자여 기우는 달팽이관 앞에 둘러앉은 식구들이 당겨졌다 놓인다 달아오르던 돌이여, 빗물이 먹어들어갈 때조차 그야말로

불알을 구겨넣고 얼빠진 채 굴러가던 지상의 날들

크리스마스에 오는 눈

우리는 지상 앞으로 갑니다
우리는 형형색색의 급전이 필요한 사람

하얗게 떨어지는 눈을 맞으며
짝짝이 신발처럼 만납니다
한 골목을 두 골목으로
엿가락을 늘이며

눈에 꽃이 비쳐 따라 들어가고 싶은 막다름은 내 것이며
얼다 녹는 마음의 발단 그 풀숲을 헤쳐가는 것도 같다

강설이라는 반듯한 것도 아니지만 삐뚠 것도 아닌
모든 이착륙의 모양들,
어쩔 줄 모르는 마음으로 가보고 싶은

크리스마스트리는 그쯤에서 면사포를 쓰고 사구(沙丘)처
럼 넓은 눈더미를 안습니다

아무래도 나는 껍질이 까진 풀꽃 한 줄을 하루빨리 당신
에게 걸어줘야 할 것 같습니다
사랑하게 되지만
다치기 좋아해? 하고 카드를 쓸 수 있습니다
부끄러움에 물감을 더 넣거나 외로운 감빛에서 긴 신음

― 소리를 좀 빼는데
  말들이 자꾸 부딪는 것 같지만

  우리는 같이 갈 수 있습니다
  우리는 우리에게 있는 것이어서

  내가 빚지고 비는 사랑을 목에 걸어보는 날의
  요령 없는 말
  옷섶 안쪽에 누에가 먹고 있는 글귀 소리를 사근사근 들
으며
  사랑은 사랑에게로 사랑일 수 없는 곳까지

  우리는 곧 오래 갑니다
  당신의 절반을 옥죄고 내 절반을 비틀어맨 짝발을 끌고
  우편낭 같은 한 자루 눈송이를 받아가며
  첫눈의 영성체를 밤새 입에 댑니다

  흰 눈을 받아 손이 저립니다
  급한 김에 딴사람에게 손난로를 배달시킬 수야 있고요
  꽃놀이 가는 할머니와 어머니의 고무신으로 무난한 무늬
가 날린다거나
  사실은 약을 두고 와서 당신 앞에서 그만 정신을 잃었다
거나
  ―

사연이 들어가니 마음이 흔들리더라는 고백을 쓰는

봉투처럼 두꺼워서 좋은
크리스마스에 오는 눈

어디선가, 이륙하는 바퀴 냄새가 이름을 대고
급강하하는 영혼을 눌러쓴 모자를 누차 벗어
인사라도 하고 싶다

내일도 눈 예보가 있는 곳을 일부러 찾아가는
여러 가지 빈한에 대해 징검돌을 놓는
눈 오는 광장에서

편도

돌매화가 돌 위에 서는 표정
깜짝 놀라 발이 빠지는 그 느낌으로 가자 그렇지만
사람들에게는 늘 있는 일로 알게
시는 안 쓰는 걸로 보이게

폐도(廢道) 하나를 잡아
한 장씩, 말을 두고 홀로 넘어가볼까
그럼
섬과 육지 사이의 플러그를 뺀
편도만 달라 하고

인상이 좋았지만
인연은 좋지 않았던 왕복들을 생각해보는 거지

낙조를 건너와
한 사람까지만 부쳐 먹는 해변을 고른 다음
허리가 굵은 겨울을 만나게 된다

그러고는 새의 발자국이나 파릇한 풀 이파리들이
눈보라를 개어주는 걸 바라보게 된다

돌아가는 일이 시들해지는 지점에 추억은 몽돌을 눌러놓
았으니

내게 볼일 있는 사람들은 어느 여름에 와보면 되게
돌 위에 꽃이 앉는 방법은 모르게

삶은 여기서 시 쓰는 조건인데
돌방석 위에서 시릴 때 안으로 화염이 번지는 사실과
그 속에서 파도가 가슴 때리며 떠나온 고독을 앓는다는 것
그럼, 내 편도는 표정 관리가 된 셈이다

거기까지 여행은
돌에서 돌매화까지

물의 종점을 지나 집으로 가는 길

바다에도 종점이 있고
디딜 때 시큰해지는 종점은 가로등이 빗뜬 눈으로 둘러
본다

종점 부분만 남은 마을
목쉰 노래에 반물 배어나오고
선박 수리소 앞길로
나목이 된 사람은 걸으며
펄럭거리며 구박 들은 이유를 찾는 사람

조개껍데기 깔린 길마다
먼저 가고 없는
조개껍데기에 붙어 젖는 가벼운 환(幻)들
사는 법을 찾아 종점에 오고 구옥을 유지하려는 사람은
줄어간다
귓속엔 매일 몸에 소금을 바르다 간 사람이 우물거린다

계단 오르는 스타일이 있어
정강이를 걷어올린 노인은 젖는 발을 감수하고
나이 차가 나는 듯한
빗방울을 얼마간 손바닥에 받아본다

이 빗방울은 짐을 싸

밤길 내려온
해쓱하게 열리는 어린 아내의 옆얼굴이었다
한 번만 그어지는 성냥불을 써버리고
누군가의 손바닥 위에 잠들고 마는 시였다

날마다 어슷하게 떠오르거나 가라앉는 섬을
일생 매만지며 고인이 되는 일,
덧붙이자면 말 안 듣는 염소에게 무정했다는 말을 듣기
도 하는 거지만
그건 또, 배각거리는 살이 싫다고 한 것뿐

언젠가 사랑이 변할 때
그 거리를 지켜달라고 하지 않은 것뿐
동네 스캔들이 된
실물이 더 뚱뚱하고 외롭게 잠드는 시린 밤이 있다

가족사진을 어디에 흘린 줄 모른 채
그는 서랍 안에 지갑을 넣어둔다

물이 차긴 했어도 하나의 흑막을 닫는 일이다
이 모든 것

눈 오는 날 앉아

마음을 잡아야 하는
가지 끝에
새가 앉아

다리를 놓듯이
다리를 끊듯이

설경을 닦으며
너무 작은 눈에는 들어왔다 말았다 하는

벌금만 내고 그냥 돌아가고 싶은
겸연쩍은 사내를 본다

영혼이 뜯은 겨울 문풍지 잎들을
사내의 허공을 메우는 데 대주거나
마른 눈송이 운석들을 덜 아프게 썰어주는
팽나무 위

오기도 하고 가기도 하는 거라면
그 하나는 새에게 맡기고 싶다

다리 끝에서 끝으로
눈에 띄게 굽어진 시간의 멍울

그 눈에 조용히 안겨
그 여자 이름을
처음 불러본다

4부

한 눈송이를 당기는 한 수선화에게

모란잠, 좀 짧은 듯한

몇 번의 방문 끝에 비녀를 얻었다
탐스러운 슬픔, 금물(禁物)만 같은 보얗고
아름다운 모란 한 주를
내가 꺾은 것 같아
모란을 읽는 사람은 모란을 계속 읽는 사람일 수밖에 없다

사후 삼십 년
모란을 만나 하룻밤을 지샌다 뒤집어도 보다
손바닥에 올려보면
하얀 화문을 넣은 필생 하나
한 이야기도 빼놓을 수 없는
초강초강한 눈물점이
이제야 문설주를 벗어난다

찡그리며 제 미간을 걷는
발이 좀 짧은 듯한 걸음

비녀 끝에
어금니로 깨물어 넣은 시간이
끝이 아닐 거라고
목을 안고 뛰어내리기 직전의 자세로 피어 있는 것들의
혀 또한 짧은 듯하지

그러니 자지 못하고
내 마음 눈밭에 식재(植栽)해보는
모란으로 살 수 없던 모란의 요령부득을 들어보는 밤
내 여자의 쪽머리에도 꽂혀 있을
주먹처럼 굵은 잠

설산 마을

지붕 사이로 바다가 들어오는 마을에
설산이 있었다
눈송이도 속에선 돌처럼 무겁다며
눈 쌓인 나무들을 두 줄로 데려와보는 동안

길 끝에
사리탑이 보였다
언제라도 연이 닿으면 삭발도 가능한
다들 이번 생의 독립군처럼
각자 총 맞은 복장을 빨거나
눈을 업고 방파제 위를 뛰는 모습일 때가
있었다

설산이 바짝
바다 앞으로 내려오면
세한
추스르기가 겁날 테지만

그중 방금 얼음을 바꿔 든 손으로
빵 조각을 전달한 사람이
지나갔다
파도를 기록하는 일 외에
산 정상으로 슬픔을 옮기는 일을 하는

녹기 시작하는 사랑을 깨지 않으려
어느 쪽으로만 걷는
글 읽는 자가 있었다

좋은 눈과 얼음을 저장하는 빈자들의 풍습은
해풍
맞은
아질아질하고 말랑한 냄새가 났다

아직 초저녁인데
같이 쓸 수 있는 밤말을
꼬옥 덮고 누울 수 있는
두 사람이 흉터 반쪽씩을 붙이며 안도할 때

길이 그친 후에
만날 수 있는 설산을 위하여 그제야
묵언을 준비하는 사람의 저녁은 아삭거리며 아프기 시작
했다

해변 묘지

발 질질 끄는 돌들을
두고 나오는 청람색 해변, 절은 무덤들은 파도 소리에 맞
춰 내려서고 또 주저앉고

갱이죽 냄새 나는 대기 속에 누가 미친듯 행진을 계속해
세울 수가 없는데
해변은 날갯짓 멈춘 삶들의 어느 변이었을까

청람, 부디 읽어주기를 비는 해풍의 비문을 보라
사라진 사람들이 세어주고 간 남은 사람들
한 번 더 죽는 일이 남아 있는 그 행색을 보면
수국 피는 마을길에서 모래사장 순비기나무 곁으로 간다

벗어놓은 구덩이를 끝내 못 찾은
해변, 한 팔의 상처와 다른 팔의 죄는 되고 외롭다
신발을 신지 못하고 간 황급한 죽음의 잠기고 잠기는 눈
동자를 어루만지는 사람은
젊으나 젊은 괴로움이 할아버지가 될 때까지 저물지 못
한다

무슨 일이냐며 검은 구름은 빈 배를 몰고 쫓지만
흩어져간 무덤들이 자는
터진목*,

이곳으로 낮은 들꽃과 새를 부르는
아, 남은 자들의 창안(蒼顔)은 인간의 어지러운 무릎 위
에 양손을 불러모으고

이렇게 된 흐트러지고 흩어진 수치심에
됨됨이라는 머리빗 꽂히는 인간의 아침이 밝는다는 마음
으로
해변을 들여다보기도 하리
눈물부터인가, 함께 마실 다니던 믿음이라는 물결도
광치기해변에 넓게 섞여오는 것이다

나는 이곳에서 곧 장가를 드는데
누구에게 답례를 해야 할지 생각이 나지 않는다

* 광치기해변에 위치한 제주 4·3 사건의 대표적인 유적지.

유리창 닦이

유리창 닦이가 아름다운 건 유리에 돋아난 창을 닦기 때
문인데
유리창을 닦는다

팔 뻗는 거리만큼 유리창이 생겨나는
생각은 멜빵이 벗겨지는 멜빵바지를 자꾸만 올리며

좋아하는 꽃 앞에서 꽃병을 깬 기억은
깨금발로 서서 안쪽을 기웃거린다

유리창보다 몇십 배 큰 허공의 천막에
소리 없이 붙어 옮겨가는
유리창 닦이

오솔길 돋아난 유리창에서 들여다보면
거짓말처럼
거기서 발아래를 보면
어떤 시대가 날마다 유리 한 장으로 생겨나고 떨어져내
린다
아버지의 주소지 없는 고깃배 위를 걷는 기분이 된다

그리고 금세 그립다
누구와도 뒤를 보이고 나란히 앉을 수 없는 절간 같은 하루

줄에 달린 엉덩이를
한껏 구르고 한껏 구르며 끌고 가는 유리창 닦이

조금만 더 있으면
머리 위에 있는 사람을 찾아 지상을 헤매기 시작할 홀어
머니가 나올 텐데

반딧불 없는 반딧불이가 찾아오는

바람 부는 여기가 무서웠던 어느 거리라는
생각만 드는
보리밭가에

그는
귀밑머리 하얀 그을음으로 귀를 가리고

눈비 살짝 먹은 요 위에
한미한 보리 한 알 떨어져보는 소리처럼
톡, 톡, 소피를 보며

사실은 이게 강이었구나
길쭉한 귀에 가는귀먹어 업혀가는 강이었잖아

반딧불 없는 반딧불이가 찾아오는
까슬한 보리 이삭 안쪽에, 마음의 검댕이에
징그러운 시절 간장(肝腸) 건조대를 놓고 간다는 듯
눈부처를 지운다는 듯

꿈과 잠 사이로 스르르 풀리는 보릿자루처럼
직립을 다한 화초처럼
꺼진 반딧불에 머리를 대고 어디를 가는가

여한, 그걸론 이제 밥 한 공기 지을 마음도 없이

바닷가 집의 고해성사

바닷가 집에 날벌레가 찾아오는 맹숭맹숭한 밤
떡갈잎 아래 몸져누운 당신을 향해
등잔은 기러기의 목선을 빌려다주고
그 우묵한 곡선에 동공을 괴어놓았다

창문을 여니 달빛은 누런 반지 빛깔이고
갯것의 눈동자 위를 삼보일배로 걸어간
바느질 자국,
그 걸음 쫓으면 쓰르르쓰르르
해변에 어깨가 묻힌 사람의 한 면이 밀리고 떴다

알려지지 않은 생각을 하고 있어 어떤 과거는 보이지 않
지만
한 사람 같지 않은 눈코입이 투미하게 들었다

침상에서 달그락대며
등잔은 곧 관자놀이 누르고 나오는 말을 꺼버릴 거면서
심지를 세우고 탄다
늦으려나 묻는 듯이

해 떨어진 지 오래인
우수리로 실리는 물살 조심조심 베고 자는 당신을 보면
친정이었으면, 누군가의 침상은 해변에서 좀 떨어졌으면

좋겠다

바다 위 진흙 달이 머리 위에서 터지면
길이 요원하다
길 바깥에선 바깥 볼 일도 없을 것이다
그게 답니까, 라고 물어오는
고해성사 기다리는 일도 없을 것이다

푸른 밤바다

당신의 베갯머리에 앉아
며칠째 숟가락 놓은 곧은 손을
쥐어본다

안녕, 이란 알고 보면
막말 같은 허구렁에서 헐거워진 손목 같은 데를 빼는 것
마음이 먼저 길을 떠나고 외로움이 남아 연줄 끊는 거 겪
어보지 않은 것처럼 말하면 뭐해

늦은 시간에 어딘가를 가려는 당신
슬픔을 빼앗기지 않는 내 마음

내가 없을 때 뭐 하는지 궁금하기만 할
덧대어진 눈, 먼 울먹임 같은
젓국 빛 시야 속에
마른 시래기 옆에

흙먼지 날아가고 남은
묵은 얼굴 반달 이마

누군가를 향해 문드러진
그래서 누군가를 가리킬 수 없는 미워할 수 없는
동그만 손에

곧 쥐여주려는 듯
푸른 밤바다
닿을 듯 닿을 듯

끝까지
과연 누가 사람을 사랑할 수 있나
밤바다에 둥근 달 뜨는 일이란
잠옷 벗기듯 한 말을 들추는 일인데
내 거짓말을 다 알고 있는 아픈 손마디를 당신은 어디에
두려는가

제주의 짧은 밤 조 끝에

해변가에 몸을 씻기러 내려간 바람이
처음 맺어준 해국과는
관계를 계속한다
제주의 짧은 밤 조 끝에*

요즘 세상에선 쉬이 볼 수 없는 감정이
꽃으로나마 울컥해지니
그 꽃이 갑자기 현실에 나란히 앉아 서로의 다리를 주물
러주는 형색이다

눈빛 설핏한 내가 그 반짝반짝거리는 물빛과 만나
잦은 기침을 받을 때
손바닥에 핀 것도 같은

바람이
꽃으로 말갛게 바다 귀퉁이를 때릴 때

나는 아무데도 가지 않은
한 사람을 보냈지만

시린 밤 조 끝에,
제법 바람 밑을 파고들어가는 연로한 해국의
박박 지운 미소는 흐릿흐릿 깔리오

물을 밟고 있는 게 처음은 아니지만
물을 꾹꾹 밟아 얼굴이나 엉덩이를 빚는
젖은 골방에서

사랑은 날 낳을 때 한 번 이상 날 버리지는 않았지
시린 밤 별들이
풀치마 벗은 하늘의 양쪽 귀를 쥐고 있는 것도 같으니
어머니란 늘 저런 식으로 나를 기다리네

유독 해국이어야 했나
대체 해국이 우리집 어디에 있는지 말하라 하지는 말기를

* '옆에'라는 뜻의 제주어.

버스 정류장

추리닝 바람의 새가 눈밭에 떨어져 있다
그 부득이한 말의 모양새

나는 본다
날개와 상관없는
죽음

그를 나는 모른다

사회에서 한 번도 내 위에 오른 적 없는
제 몸의 사다리를 칸칸이 올라 다닌

건물 돌담 아래 쏟아진 눈밭에

사람의 명을
사람의 명은 구할 수 없다

일월이면 서설이라 해야겠지만
일월에
현장에선 운수를 봐주기가 얼마나 어려운가 보라

섭식을 앓는 영혼이 하나 외래로 다녀가는 도시

일월은 회식 후 광역버스로 갈 만큼 가깝지만
누군가의 일월은 날아도 훨훨 날아도 두 가닥으로 떨어
진다

투신과 전혀 상관없이

하루에도 몇 번 아는 자가 잊히는 자로
지금 떠나지 않는다면

내일 떠난다

아무도 읽어주지 않아
후들후들 다리가 떨리는
난간 위에서

시 쓰는 자 또한
목을 가다듬다 눈을 털며 들어서듯이
가는 그곳으로

애프터눈 이발소

이렇게라도 애프터눈
이발소에 옷 수선 안내판을 달아놓은

나이로비여
시간은 소매를 줄이는 걸로 하나 늘이는 걸로 하나
철길 앞에 흘러내려앉은 판잣집 가난한 아내여

한집에서 두 가지 영업을 하는
멀고먼 뒷골목이여
덕지덕지 바른 이 뜨거운 날씨는 몇만 권이나 있나
먼지 구덩이에 침을 뱉으며 찌는 날 장화를 신고 걷는 뜻
이 뭔가

깜박깜박 나귀 눈에 마른 물 배어나올 때
그게 다시 오지직오지직 졸아붙을 때 오늘은 없다고 전
화가 온다
그 물건 언제든 찾아지면

희끗희끗한 뒤통수를 샴푸대에 받아 누이며
구정물에 재활용 음식들을 꿈꾸듯이 감겨주게

오욕을 기워 입고 진흙탕을 두들겨보며 걷는 나이로비가
여기만은 아니지

안 아픈 사람이 없어 약을 쓰지 못하는

줄을 서서
사들고 갈 만하게 찬거리가 상할 때까지 시름시름 기다
리는
저녁은 남편보다 먼저 집으로 돌아간다

말을 해놓고 다물어지지 않는 입속의
긴 골목을 걸어

얼만가 지나가는 아침

마당에 아늑한 눈이 내리고 있어
욕조에 들어가듯
현관문을 나선다

눈을 쌓아올리고
열리는 일이 없는
열쇠를 밖에 두고 안에 사는 스승에게 진한 편지라도 써
볼까

달리 살 수 없고
애가 타 연기 나는 목젖 근처에 홀로 사는
내 벗에겐
겨울나무가 조금씩 흘려주는 개울 물소리를 띄워 보낼까

한 눈송이를 당기는 한 수선화에게
까끌까끌한 손을 한 번씩 잡혀준다
화단에 아롱지며 맺혀야 한다는 구속 없이

밭담으로 나누어진 엉망진창으로 맺은 사돈들을 한자리
에 부르듯
마을엔 눈이 오고

그 사람이라는 예감이 들지 않는 사람에겐

진 빚도 없으니
나는 연락처를 주지 않는다

얼마 뒤에
녹이 슬고 마당 디딤돌 하나를 닦는 비질마저 무거운
얼만가 지나면

나를 흔든 것은 고요였지만
정말 현실감이 있었다는 말을 해주어야지

모든 현상은
일생의 눈사태와 같아도
마음엔 손으로 흰 눈송이를 어루만지며
종일 지문을 닦는
졸시 한 구절이 함께 있을까

제설차가 지나간
속이 보이는
공터처럼
나를 네게 가져가기

조천리를 한 바퀴 도는
뿌연 낮의

— 　욕조에 책을 들고 들어가기

사랑은 조랑말처럼 눈밭에

눈밭을 팔라고 찾아오는 사람들이 있다

마지막까지 뱉어낸 눈밭이 한 여자의 뜨겁고 놀라운 고백
인 줄 모르고
물살이 센 꿈의 눈보라를 덮은 것도 모른다

지난 여름밤의 조랑말자리가
희미하게 박혀서 웃고 있는 눈밭, 함께 숨쉬는 것이 고맙
습니다

네게 내 노래를 주고 가는 사람이 되고 싶은
세상천지 악공 둘이서 얼다 녹으며 얼다 녹으며
눈밭으로 가득한 숨소리를 껴안은 채
살고 있다
사람의 눈을 피해가며

개작

죽기 바로 직전에 하는 말을 죽음을 이용해 하는 말이라
고 믿지 않는다

죽는 자의 재능이 빛나는 그 장면에

초인, 종을 눌러주련다

한 토막 낮꿈을 쓸어버리고 개작으로 간다

안에서 미개인 하나가, 미공개작으로 시꺼멓게 동체를 드
러내도록

영영 잠들 것 같은 순간에만 켜지는 등빛이 있기에

5부

여행을 빼앗겨 동백꽃같이 질 때가 있으리라

겨울 여행자

시간제 여행자처럼
처음 섬에 가자고 했던 사람이 누구인지 모르겠다

사람들이 말하길 그렇게 큰 고통을 짊어진 사람이 여행자
일 리 없다고 했다
겨울에 아름다운 것이 있는지 모르겠고 아름다운 것을 죽
일 수 있을지는 더욱 알 수 없는 노릇이나

나는 이 섬이 흩어진 섬이며, 큰 부리로 사람들을 먹이고
있다고 들었다
많은 강은 대부분의 지도에 나오지 않는다

삼십대 중반에
방 하나 정지 하나만 있는 초가를 사 한지 도배만 하고 묵
던 곳은
우도였다
싸구려 식당으로 누군가를 따라 들어가
나오지 못하는
무슨 말을 우물우물 좇아간 게 여행의 시작이었지만

예년의 여행자와 혼동하거나 그와 헤어진 사람이라 불리
기도 하는
하루종일 돌을 파 돌더미 위에 죽은 아이를 눕히던 여인

과 닮았다는 말도 있는

  여행자라면 곳곳의 오일장을 따라가다 만난
  실한 통배추 같은 관념을 집어들 수 있지만

  태풍의 눈이 이 섬 밖을 떠돌고
  어디선가 지금 들끓는 중이니
  붓을 놓으라는 게 아니라 동백나무 밑동에라도 들라는 거
였네

  내 몸을 지나간 여행들이 꺼내놨던 잔설 위 돌하르방
  합친 것보다 더 무거운 혼자

  미모를 빌려준 사람이라도 되는 양 나를 따라오는 시에게
는 줄 게 없다
  두 개의 근본을 가진 어느 이름에서 한 사람으로 사는 것
같이 서러운 처지이다
  찾아든 성산포 성당이 어두워지자 나도 내 여정을 이어
가지만
  여행 속으로 이감 가는 죄수라도 하나 안아주고 싶다는
기도를 했다

  여행자가 변시지*의 배를 타고 웬 그리움을 옮긴다는 소

문이 들리면
　정분 날 정도로 가까웠던 사람들에게 전해달라

　섬은 그래도 태풍철 깡마른 몸을 올려두기에는 그럴싸한
사발이었으니
　염장이가 없어도 사람 모양을 하고 살았다고

　아침에 출발해 해 지기 전에 섬을 한 바퀴 돌고 돌아오면
　바다에 집어넣은 옷가지나 밭에 파묻은 경을 파러 가 늦
게 돌아오는 사람의 뼈와 살이 여전히 정낭에 걸려 있었다
　귀먹은 심해저 고기 하나가 불을 켜주고

　여행자의 사원이 널린
　제주를 찾는 여행자의 초심은 겨울이 지나도 있으리라
　여행을 빼앗겨 동백꽃같이 질 때가 있으리라

　* 제주 출신의 화가.

118

모래알

　어제가 저물지 못해 오늘이 원래 가져올 수 없는 날이고
어느 날이랄 것 없이 아직 다 불타지 못해 시는 빠져 있다
사막에서 쓰레기 비닐봉지를 뒤집어쓰고 풀싹이 올라온다
해도 아직은 아니니 계속 하던 대로 내 시는 아직 못 온다는
것 지금의 나는 불가능을 대신하는 거라 시를 대신하는 게
아니지 자는 해변에 올라앉은 모래알은 접촉면만 들썩이며
무슨 수가 있다고 생각은 한다

　옷 입고 못 자요, 라고 말했을 때 무언가 척 썼어야 하는
순간이었나

잠과 잠 사이

밤에 자다 중간에 깬다
따지자면 일생 동안 두 순간에 이가 갈리고 그리고 두 순
간을 물었다
혼자 자다 깨어나는 중간과
함께 자다 깨어나는 중간에 홀린 듯,

중간을 시리게 쓸어안는 잠과 잠 사이
문득 부르는 내 이름은 마치 네 머리맡에 물 대접처럼 놓
인 적 있는 말투다

나는 흐르네

벽에 두 팔을 벌리고 붙어 있다 슬그머니 한 팔만 모퉁이
를 돌아갈 때는 무슨 뜻일까
어둔 마음에 벼룩 같은 별이 하나 튀듯

다리를 건너가네 내 건너편은 아니지만
너는 내 앞에서 택시를 잡아타고 그냥 건너가고 마네

무명 올로 짠 빳빳한
강물 흐르네

독방에 대자로 누워 있는 슬픔이 아득한 눈 속으로
빙글빙글 끝도 없이 흘러가네

노인

시간을 볼 수 있게
구멍을 걸어둔 벽 안으로
염소떼 같은 밤을 끌고 온 진눈깨비

라디에이터에 양말짝을 너는
노인이 하룻밤 머물며 한소리 했다 함세

남의 집가에 딱지를 붙이며 가난했던 집달관
백주에 믿고 싶지 않은 세상을 만나면
자신부터 구해야 했던,
나도 일찍이 폭력적인 인간은 아니었네

밤이 오고 아침이 온다는 게 뭐겠나
누름적 부치는 얼굴로
달이 창에 뜨고
거리에 나와 있던 기물들의 마음을 밤새 비추는 식이면
늙은이의 괜찮은 소일(消日)로 치지

내가 죽고 심홍을 들여다보는 자식이 커서
불 피운 자리를 모아다 아침으로 쓸 테고

시간은 결국 나를 막았지만
시간이 있던 자리에 염소의, 풀뿌리 뽑으며 울던 앞니

해가 넘어가도록 송달되지 않은, 불거주하는, 다름아닌
나와 하루도 연루되지 않은

목소리는 나를 향해 돌도 들었고

친모가 없는 시인의 패밀리
가족의 식탁에 남겨진 폭력을 겨우 치웠으니
이걸로 구실을 삼네

집달관이 갈 때까지
정신줄 놓지 않고 깜박이는 별이 뜨고

어느 임의 창에 맺혀 있을
염소 울음
시린 밤

좋아서 스스로 누워보는 어두운 노인
별자리처럼 몸이 꺾인다

자기 일 아니라고 그렇게 말하나

전에는 세상이 더 있다고 했고
요즘 들어서는 그냥 하나 정도가 있다고 생각한다
무지가 바로 그것일 거라고
바람이 든 무(無)가 그것일 거라고

5부두

이제 한 명만 오면 빈자리를 밝힐 수 있는데
어느 가문엔 한 사람이 비고

은물결에 누구의 척추나 머리 같은 게 떠 있는 느낌을 받
고 나면 그리움이란 그렇게 깡마르고 심장이 약하게 뛰는
대사뿐이다

살아지도록 가끔 잊히도록 생활의 예를 더 들지 말자 차
이가 없는 이야기를 하지만 모두 다른 이야기로 부푸는 저
마다의 생을 청귤을 닦아내듯 식탁에 올리고, 가족의 것이
라곤 돌려가며 쓰는 청첩과 부고가 있으니 가난은 면한다

특히 반투명 인간을 위해선 누구의 예도 들어줄 수 없는,
굳이 그래봐야 말한 대로 보이지 않는 그 식고 퍼진 사랑
의 환상을 어깨에 메고 가슴에 죽을 흘리고 있는 나 말이다

흰 싸리꽃 같은 빈자리를 나와 묶어주려는 것은 나였나
한 명에게만 갚을 수 있으면 되는데
당신이 이렇게 가면 안 되는데
가족이 아니면 승선할 수 없는 주소 인근에
5부두가 저물고
깊이 묻힌 젓대는 입 밖에 낼 수 없는 이름을 분다

해변에서

그게 빈 공중의 해변에 목소리를 내리는 것이기도 하고
노 저어가다 무너지기도 하는
목숨의 두근거림인데,

멀어지네 함께 가는 줄 알았던 시간이여
대개 뒤쪽으로 가면 더 느끼지 않을까 별개로 간 청춘이
라는 것

가슴에 엄청난 수직이 있다고 하지만 철 지난 바닥에 들
어맞지는 않고 풍차가 뒤죽박죽으로 도는 그 반생이 뒷부분
에서 앞쪽으로 되넘어간다는 생각이 든다

마침 푸른 목줄을 걸고 있는 달이
긴 방파제를 붙들고 웃는 듯한 사람과 밀고 당기는 것 같
은데

넥타이가 땅에 닿을 정도로 숙여야 살릴 수 있는 독기
그런 수직이 깔깔하게 충혈되던 시절을 생각하면
다 해서 두 순간은 봐줄 수 있지
건넛집 남자가 머리칼을 쥐어뜯고 울다 물바닥을 쓸어담
을 때 나의 비극을 얻은 일과
따뜻한 물이 잦아가는 동안에도 바닥의 더운 숨을 싹싹 긁
어 서로 먹여주던 날

말이 먹히던 거기까지
다시 시간은 날 데려다주려는 것 같은데
내심을 향해 달리고 사랑을 두드리던 나는 어디 가고
추억은 춥게 서서 춘 춤들뿐일까 내가 허수아비로 보여
서 그랬을까

풀 수 없는 오해들, 그것마저 내려앉힌 지금
딱 하나 남기고 싶은 녹음, 내가 그렇게 못 미더우세요라
며 따라오던 부서진 작은 곡류(曲流) 하나가 테이프를 돌리
며 바닷물이 드나드는 부분에 닿아 있다
더는 내 말에 넘어가지 않아도 되는 혀끝의
또다른 처녀지를 따라
알지도 못하는 생활에 다시 끼어드는 것은 아니겠지?

이유가 있겠지

이슬막
눈은 오지

있지 않는 것에 재나 뿌리듯
내리는
진눈깨비
그 속을
여닫이문을 젖히는 사람처럼 뛰어나가며 나는 받힌 사슴
처럼 나타나며
잡는다기보다 보낸다는 생각으로
전화(戰火)에 당신을 잃은 비화(飛火)로

간섭하려 들면 입도 눈도 틀어지는
당신과의 허구 속에 생겨난 생철집에서
짓무른
눈 속에서
심장에 하나 남은 먹활자를 날리며 달음질치네

이유가 있겠지
도륙 위에 사랑을 눕힌

대문이 거의 없고 골목이 많은
내 어둠

목말을 타고 또 그 위에 목말을 타고 그 위에 감자 자루
를 올리고

바다 앞까지 와 진눈을 싸안고 바다 벽면에서 바닥으로
꽂히는 새처럼
나는 좇으며
말로 싸워본 적 없는 당신에 대한 생각만 해

잎샘 성화 보랏빛인데
이유가 있겠지
이유가 있겠지

폭낭*에게 말 걸기

요샌 할망의 입버릇이 새로 든다 쓴 것투성이다 주말 해
수욕객 말고는 의자 위에 콧김을 뿜으며 얼어가는 노인 말
고는 여름 특수도 통 보이지 않는다 인생이 아니면 어떤가
싶은지 과거에겐 엉덩이도 없이 엉덩이뼈나 항문으로 앉아
있는 자세가 있다니

예의를 차리기 위해 아들 한 명에 대해서만 묻는다 사는
일 중에 안부를 묻는 일이 그렇게 중한데 이런 마당에 어
디서 차녀(次女)를 보았다고 하면 그 앞에 두고두고 서 있
어야 할 것 같지 않은가 갔으면 갔다고 동네에 현수막이라
도 달고 싶은

노인은 수줍다 몸이라는 냄새나는 봉지를 열면 탁한 인광
이 꾸물거린다 큰일은 아니고 후회는 항상 하는 위점막의
움직임을 초음파 검사로 보았다

전복 한 주먹 같은 삶 속에 등껍데기를 밀어넣으며 뒤집
으며
몸에 붙은 살얼음을 토닥거리면 된다는 듯

그리고 늙은이는 아무나 따라가진 않는다

코나 귀처럼 한 개도 결코 적은 것이 아닌 뭔가가 없는 손

님으로

왜인지 집에 누군가가 와 기다리고 있는 것만 같다

* 팽나무의 제주어.

여행자

골목이 많은 남산 밑에서
발간 구름장을 나라고 생각하며
별다른 밤이 아닌 날 벗이여,
싸리꽃 심은 화분을 안고
네온등 사이 골뱅이집 뒤편 하늘을 올려다본다
건물 옥상에 때수건 같은 바람 한 장,
코로 넘어오는 물처럼
굴다리에서 나오는 내 숨결엔 약전류 돌고

거리엔 어둠에 넘어져 잠깐 몸이 뜨는 내상(內傷)과
억울하게 수영하는 몸들의 열기

그리고 약수터 반대편 플랫폼에 나 같은 남자가 서 있을
테니
물 젖은 바람의 영혼이여
어느 역 화장실에 데려가
빈속에 구겨넣은 깃털을
한 번은 감겨야 한다
도무지 역이 끝나지 않아 모두 가장 먼 고장에 가 묻히니

무인지경을 한 점 배경으로 걸어둔
집에 가면 상보에 덮인 모래밭이 나오고
그 자리에서 바람의 낙관(樂觀)을 향해 흩어지곤 하는 긴

여행과 싸운다
　기껏 가선(加線)에 꽃을 하나 그리거나
　평생 외우고 싶은 풀꽃들의 이름을 걷는 것인데

　지저분한 식탁보와 갓등 사이
　얼굴을 묻고 앉아
　구들처럼 꺼져가며 굴뚝처럼 안에서 나는 소리를 어딘가
로 보내주기로 하고
　내 피는 소식을 하고 있으며
　내 몸은 낮은 임대료를 주고 있으며
　또, 또 그러고 있으니
　벗이여 또 궁금하면
　주소는 싸리꽃을 좋아해 빗자루를 매는 남산의 시인이라
고 적어 보내게
　다른 사람이라면 하숙에 촛불을 켜두고 여행을 다닐 리
없잖은가

그냥 한 달만 말을 안 하기로 한다

유숙 윗목에서 나는 빗소리를 듣는다

하루가 서늘한 형광빛에 매이고

빗줄기가 여러 차례, 폐부에 엎드린 멍울을 빨며 들어간다

새벽녘이 되어서야 신음을 헤치고 나오면

몸은 목뼈 맞추는 소리마저 감추지 않으며

머리를 기른 나뭇가지는 남의 자리에까지 가 산발을 한다

한 달이라는 날짜와 함께 시울은 젖어도 또 다음달이란 악취미일 수 있다

빗소리 뒤에 앉아 있는 것이 울음이라고 해도 사정은 같다

무슨 일이 있어도 한 달, 차곡차곡 재여 있으면 연한 말에 꿰이리

달리도 와지리 집을 나간 혀를 내 안으로 미는 이 보고픔

해설

어느 여행자를 위한 변명

이강진(문학평론가)

시집을 펴도 해설을 들여다보지는 않게 되었다는 고백쯤
은, 이미 누구에게나 익숙한 것이 된 지 오래인 듯하다. 시
집에 수록된 시들보다 해설이 더 난해했다느니, 혹은 수록
된 작품들과 거의 관계가 없어 보이는 중언부언들 탓에 오
히려 시집의 여운을 느끼기 힘들었다느니 하는 식의 이야기
들이 이제는 거의 지겨운 레퍼토리가 되었으니 말이다. 이
런 익숙한 불만들을 불러일으키는 관행적인 해설 형식의 문
제는, 그러나 따지고 보면 대개 해설 지면을 의뢰받은 필자
들이 봉착했던 하나의 오래된 딜레마로부터 비롯되고 있었
다 해도 과언이 아닐 듯하다. 한마디로 그것은 명명 행위에
대한 부담이라 할 수 있겠는데, 한 편의 시를, 또는 한 권의
시집을 마주할 때마다, 평론가들은 으레 눈앞의 시에, 시집
에 일종의 '문학사적 가치'를 부여해줄 합당한 이름을 붙여
주어야만 한다는 중압감에 사로잡히곤 하는 것이다. 만약
그에게 운이 따른 덕분에, 시인이 어떤 모험적인 시도나 강
령적인 메시지를 드러내어 의도하고 있다면 상황은 훨씬 수
월해지겠지만, 만약 그렇지 않을 경우, 적잖은 해설은 이내
갖가지 캐치프레이즈들이 난무하는 요란한 곡예장이 되어
버리기 십상인 것이다.

그리고 이와 같은 풍경들이 자아내는 소란스러움의 한복
판에서, 우리는 종종 '서정시'라는, 일견 저 소란과는 가장
멀리 동떨어져 있을 듯한 낯익은 개념을 마주하곤 한다. 그

렇게 서정시는 때로는 '새로운 시'의 출현을 방해하는 반동적인 세력으로 규정되어 손가락질당하기도 하고, 반대로 변해가는 사회 속에서 자신만의 '낡음'을 지켜가는 꿋꿋한 단단함으로 추켜세워지기도 하면서, 결코 환영받지 못하면서도 여전히 모두의 요청에 응해야 한다는 기묘한 이중적 위상을 줄곧 부여받아왔다. 그리고 여기에서 우리는, 그것이 긍정적인 평가든 부정적인 평가든 간에, 서정시라는 개념을 대하는 평론가들의 태도에 하나같이 어떤 당혹감이 묻어나고 있다는 사실을 어렵지 않게 확인할 수 있다. 적어도 최근 이십여 년 동안의 한국 시단에서, '서정시'라는 명명은 그야말로 그것 외에는 달리 그럴듯한 이름을 내세우기 어려웠다는 체념의 표징이거나, 혹은 눈앞의 시가 이렇다 할 새로움도 특징도 보여주지 못했다는 거의 경멸조의 언사를 적당히 순화한 표현으로 으레 활용되어왔던 것이다. 결과적으로 '서정시'라는 이름은 어느덧 전통적인 장르 개념에서조차 이탈하여, 떠들썩한 쟁점을 만들거나 뚜렷한 정체성을 전면에 내세우지 않는 시들을 한데 묶어 부르기 위한, 더없이 편리한 여집합의 개념으로 전락하고 말았다.

황학주의 시가 이제까지 '허무주의의 미학' '언어의 따스함' '사랑의 시' 등으로 설명되어온 것은 이러한 경향으로부터 과연 얼마나 자유로울 수 있을까? 진정으로 시를, 아니 삶을 사랑해본 적이 한 번이라도 있는 사람이라면 누구든,

위의 말들이 사실은 동어반복에 가깝다는 것을 금세 피부로 느낄 수 있을 것이다. 생이 그 자체로 충만하다면 아마도 시는 처음부터 이 세상에 존재할 수 없었을 것이고, 또 생의 순간들에 아무런 사랑도 따스함도 깃들어 있지 않았다면 마찬가지로 우리의 세계는 결코 시가 되기 어려웠을 것이기 때문이다. 하물며 증오와 냉소조차도 결국에는 최소한의 사랑과 기대를 필요로 하게 마련이 아닌가! 그렇다면 이 지점에서 우리는 새삼 묻지 않을 수 없게 된다. 만약 저 말들이 대부분 동어반복에 그치고 있었을 뿐이라면, 우리는 황학주의 시편들을 어떻게 읽어야 한다는 말인가? 아마도 실망스러운 답변이 되겠지만, 결론적으로 우리는 다음과 같이 말할 수 있을 듯하다. 황학주의 시는 다른 무엇보다도 분명한 '서정시'라고 말이다. 그리고 다소 역설적으로 들릴지도 모르겠지만, 이러한 규정은 오히려 '서정시'라는 이름으로부터 우리가 떠올릴 수 있는 최대한의 부정적인 의미들 속에서 이해될 필요가 있다. 즉 황학주의 시는 한국시의 익숙한 표현들 안에 온전히 머물러 있으며, 시가 품고 있는 정서들 또한 흔히 '서정성'이라는 이름으로 분류되어왔던 낯익은 감성의 영역을 크게 벗어나지 않고 있는 것이다. 이렇게만 말한다면 일견 그의 시를 폄하하는 것으로 오해될 수도 있겠지만, 실상은 오히려 그 반대다. 가장 익숙한 언어와 표현들 가운데에서 친숙한 정감을 발견해내고, 그럼으로써 우리로 하여금 거기에 머물러 있을 수 있도록 이끌어주는 것.

그것이야말로 황학주의 시가 보여주고 있는 가장 커다란 힘
이자 가치이기 때문이다.

　서정성이란 무엇인가? 황학주의 시편들 속에서, 우리는
너무나 거대해 보이는 저 질문에 대한 답변의 실마리를 얻
을 수 있다. 무엇보다도 그의 시가 서정성을 온전한 장르적
장치로 활용해낸 성공적인 한 사례를 보여주고 있는 까닭
이다. 삶의 허무로부터 몸을 피하기 위해, 생의 무게로부터
벗어나기 위해, 숨막힐 듯 죄어오는 세계의 잔인함으로부
터 스스로를 지키기 위해, 황학주의 시들은 부단한 몸짓으
로 '서정성'의 피난처를 쌓아올린다. 다시 말해 그것은 한국
(서정)시라는 하나의 장르가 이제껏 축적해온 익숙함의 공
식들을 재료로 삼아 건설한, 단단한 언어의 성채라 할 수 있
으며, 그 안에서 황학주의 독자들은 생이 강요하는 매 순간
의 소란들을 고요한 시선들 그리고 정적인 감정들 뒤꼍으로
밀어낼 수 있는, 익숙한 가능성의 공간을 확보할 수 있게 되
는 것이다. 그렇다면 우리가 황학주의 시들에서 전면에 드
러나는 어떤 새로움이나 정치적 메시지, 뚜렷한 차별화의
전략 따위를 발견하기 어렵다는 사실은, 이제 더는 문제적
인 상황이 아니게 된다. 오히려 지루함이 느껴지지 않을 만
한 아슬아슬한 한계를 유지하면서 최대한 낯익은 것들을 펼
쳐내는 솜씨야말로, 관점에 따라서는 온전한 서정성의 공간
을 확보하기 위해 필요한 최대한의 기예일 것이기 때문이

다. 사실 익숙함의 가치가 유독 문학의 영역에서는 그토록
손쉬운 평가절하의 대상이 되어왔다는 것은 대단히 흥미로
운 일이 아닐 수 없는데, 이를테면 수백 년간 반복되어온 다
장조 3화음이 거의 언제나 아름답게 들린다는 데 대해서는
아무도 이의를 제기하지 않으면서도, 익숙한 '서정시'의 언
어들에는 거의 예외 없이 낡고 고루하다는 꼬리표가 따라붙
곤 했던 것이다. 하지만 다름아닌 저 익숙한 반복이야말로
우리의 삶이 갖는 근본적인 모습이자, 시의 언어가 확보할
수 있는 근본적인 장르적 기능들 중 하나일 수도 있다는 사
실을, 황학주의 시는 누구보다도 끈질기게 보여주고 있다.

　　계속해서 한곳에 살고 하루가 간다
　　정신이나 밥상을 차리는 일일까 다 같은 이름일까 하
루란

　　(⋯⋯)

　　오늘까지는 변화가 빠진 것 같고
　　내일부터는 변화가 없을 것 같다

　　물크러지는 냄새에
　　영혼인가 싶어 제 살 속으로 젓가락을 찔러봤던 잘못이
가장 이상하다

  그런데 여기에서 우리가 놓치지 말아야 할 부분은, 분명
더없이 익숙한 저 장면들에서 목격되고 있는 하루하루의 모
습들, 혹은 이른바 '일상성'이라는 것이 실제 현실을 구성
하는 일상과 완전히 동일한 것이 결코 아니라는 사실이다.
모든 이질적인 존재들이 본질적이라는 주장은 거짓일 수밖
에 없겠지만, 모든 본질적인 것은 어딘가 이질적인 데가 있
게 마련이다. 황학주의 시가 그려내고 있는 낯익은 장면들
은 어디까지나 서정성을 발현시키기 위해 의도적으로 선택
되고 고안된, 다시 말해 시인에 의해 '생산된' 이미지들로
채워져 있다. 각각의 이미지들은 현실에 한없이 근접하지만
결코 현실 그 자체가 될 수는 없다는 근본적인 이중성 위에
구축되는 것이다. 아울러 이러한 접근의 원리는 그가 사용
하는 언어의 차원에서도 동일하게 작동한다. 시가 그리는
익숙한 현실이 그러나 실제 현실이 아니듯이, 시에 동원되
는 익숙한 언어들은 비록 겉보기에는 과거 우리가 접해왔던
그 시어들처럼 보이지만, 실제로는 그것들에 접근(漸近)하
고 있을 뿐인 별개의 언어로 주어진다. 그렇게 시인은 현실
에 온전히 녹아들 수 없는 국외자이면서도, 또한 그곳으로
부터 벗어날 수 없는 오래된 '여행자'로서의 삶을, 더없이
익숙하면서도 끝내 동일한 반복일 수는 없는 서정시 장르의
정형화된 문법을 통해 기록해두고 있는 것이다. 누군가에게

는 이것이 지루한 안일함으로 여겨질 수도 있을 것이고, 또 강경한 실천적 관점에서 보자면 실제로 어느 정도 그러할 수도 있겠지만, 그럼에도 불구하고 서정시라는 장르의 전통에 기댄 농성이라는 황학주의 저 선택은, 경우에 따라서는 얼마든지 현실에 대한 충분한 시적 개입이 될 수 있다. 목가적인 자연의 풍경이나 초월적인 경외의 대상에 무작정 스스로를 의탁하려는 수동적인 시도들과 달리, 자기만의 '서정성'을 구성하기 위한 시인의 작업들은 어디까지나 그 자체로 삶을 대하는 하나의 적극성을 대변하고 있기 때문이다.

그리하여 '서정성'의 반복된 형상화는 이제 우리의 삶 자체가 끝없이 되풀이되는 것일 수밖에 없다는, 때때로 절망적이기까지 한 저 사실에 대한 최선의 은유로 거듭나게 된다. 끝을 모르고 밀려드는 삶을 순간순간의 시선들로 붙들어 세우고, 그럼으로써 그것들에 위안과 온기를 불어넣는 작업은, 말하자면 수공예 장인의 고된 반복 노동과도 같은 지난한 과정일 수밖에 없는 까닭이다. 만약 우리가 시의 본질을 벼락같이 떨어지는 찰나의 현현에서만 찾으려 들거나, 혹은 시의 가치를 완전히 새로운 언어의 형식으로부터 주어지는 생경한 경험 따위에서만 발견하려 든다면, 아마도 황학주의 작업은 끝내 어딘가 모자란 듯한 인상을 남기게 될지도 모른다. 하지만 저 모든 고됨을 견뎌내는 일, 하루하루를 버텨내는 일, 은연중에 날아드는 수많은 손가락질을 감

내하는 일, 그러면서도 여전히 사랑과 아름다움을 향한 '낡은' 믿음을 끈질기게 고수하는 일 역시도, 결코 아무나 해낼 수 있는 손쉬운 과업은 아니다. 그렇게 시인은 "끝까지/ 과연 누가 사람을 사랑할 수 있나" 하고 자문하면서도, 여전히 "거짓말을 다 알고 있는 아픈 손마디"(「푸른 밤바다」)를 내밀어 한 줄 한 줄을 써내려가고 있는 것이다.

　　요즘 세상에선 쉬이 볼 수 없는 감정이
　　꽃으로나마 울컥해지니
　　그 꽃이 갑자기 현실에 나란히 앉아 서로의 다리를 주
　　물러주는 형색이다
　　　　　　　　　　　　　—「제주의 짧은 밤 조 끝에」 부분

　그러므로 우리는 어쩌면 이렇게 말할 수 있을지도 모르겠다. 황학주의 시들은, 아니 어쩌면 모든 '서정시'들은 처음부터 해설이라는 글의 형식과, 평론가들의 욕망과 정면으로 충돌할 수밖에 없는 운명을 타고났다고 말이다. 수많은 해설이 필연적으로 봉착하게 되는 예의 딜레마는, 근본적으로 눈앞의 세계를 살아 있는 세계로 보는 대신 철저하게 역사화된 공간으로 바라보려는 데에서 비롯된다. 역사화의 시선이란 결국 그가 다루려는 수많은 대상 중 무엇에 대표성을 부여할 것인지, 그리하여 무엇을 버리고 무엇을 남길 것인지를 취사선택하는 과정을 동반할 수밖에 없기 때문이다. 반면 황학주의 시들이 보여주고 있는 저 '서정성'은, 스스로가 마주하고 있는 세계를 거스르거나 재단하기보다는, 그것을 믿어주고 받아들이기 위해 떠나는 여행으로부터 시작되고 있다. 그리하여 그것은 "가장 부인했던 순간마저 데려가는" 일종의 "순례"(「북촌」)인 한편, "우리는 같이 갈 수 있습니다/ 우리는 우리에게 있는 것이어서"(「크리스마스에 오는 눈」)라는 다짐을 함께 나누는 일이 되는 것이다. 물론 시인 역시도 마음만 먹으면 "곳곳의 오일장을 따라가다 만난/ 실한 통배추 같은 관념을 집어들 수 있지만"(「겨울 여행자」), 그는 저 세련된 선별 작업에 뛰어들기보다는, 차라리 '일상'의 이름 앞에 나날이 지워져가는 일상들을 붙들고, 그것들의 "불가능을 대신하는"(「모래알」) 길을 택함으로써, 스쳐가는 눈앞의 아름다움들을 "아롱지며 맺혀야 한다는 구속 없이"(「얼만가 지나가는 아침」) 보듬는 쪽을 택하겠노라 이야기하고 있는 것이다.

그러니 이 자리에서 시집에 수록된 작품을 몇 편 인용하여 그 의미를 세세하게 해설한다든지, 혹은 세련된 철학적인 개념을 빌려와 시집에 그럴듯한 의미를 부여한다든지 하는 등의 시도를 최대한 배제한 것은 참으로 불가피한 선택이었다 해도 과언이 아닐 듯하다. 만약 황학주의 시를 가장 온전하게 해설하고자 한다면, 그저 '황학주의 시를 한번 읽어보라'는 한마디 권유를 적어두는 것 이상의 방법이 도저히 없었을 것이기 때문이다. 사실을 고백하자면, 지금까지 늘어놓은 많은 이야기는 그야말로, 혹여 저 당연하기 그지 없는 해설이 너무나 당연한 소리에 불과하다며 얼굴을 붉힐 누군가를 달래기 위해 불필요한 말들을 애써 구구절절 늘어 놓은 것에 불과할지도 모른다. 하지만 어쩌겠는가? 그것이 또한 시와 삶의 본질일지도 모를 일인 것을. 삶이란 결국 살 아갈 수밖에 없다는 당연한 이야기를 전하기 위해, 시인이 그것을 『사랑은 살려달라고 하는 일 아니겠나』의 수기로 풀 어내야만 했듯이, 그런 시인의 기록들을 우리가 그저 읽을 수밖에 없다는 이야기를 온전히 전달하기 위해서라면, 어쩔 수 없이 불필요한 변명들이 뒤따라야만 하는 것이다. 특히 나 저 여행자의 고요한 발걸음들이 무기력한 걸음걸이와는 다르다는 것을, 그의 여정이 아마도 그 혼자만을 위한 선택 은 아니리라는 것을, 그가 남긴 발자국들이 남들과 다를 것 이 없어 보인다는 것이 결코 잘못된 것은 아니었음을 설득 하기 위해서라면, 아니, 적어도 변명하기 위해서라면 말이 다. 그러나 또 누가 알겠는가? 다름 아닌 이러한 불필요함 과 불가피함이야말로, 어쩌면 가장 근원적인 '서정'의 본령 이자 출발점일지도 모르는 것을. 굳이 하지 않아도 될 말을 한다는 것, 굳이 보지 않아도 될 것을 본다는 것, 굳이 쓰지 않아도 될 이야기를 쓴다는 것. 그럼으로써 너무나 당연하 다는 이유로 말해지지 않은 것을, 드러나지 못한 것을, 기록 되지 않은 것을 되살려낸다는 것. 설령 그 당연함과 낯익음

에 그만 휩쓸려버린 나머지 끝내 자기 자신조차 지키지 못
하게 되어버릴지라도 여전히 시를 멈추지 않는 것. "꼭 누
구에게 해야 하는 이야기는 아니지만/ 사람의 기도로는 무
난하지 않을까"(「북에서 내려온 사람처럼」) 싶은, 그런 하
나마나 한 말들을 끈질기게 중얼거리는 것……

    내 시간이 끝날 때
    내 이야기가 빠진 그 음을 누가 이야기하지 않겠지만
                                        —「나의 노래」 부분

황학주 1987년 시집『사람』으로 작품활동을 시작했다. 시집으로『내가 드디어 하나님보다』『갈 수 없는 쓸쓸함』『늦게 가는 것으로 길을 삼는다』『너무나 얇은 생의 담요』『루시』『저녁의 연인들』『노랑꼬리 연』『某月某日의 별자리』『사랑할 때와 죽을 때』 등이 있다.

— 문학동네시인선 124
사랑은 살려달라고 하는 일 아니겠나
ⓒ 황학주 2019

— 1판 1쇄 2019년 6월 22일
1판 7쇄 2024년 7월 30일

지은이 | 황학주
책임편집 | 김민정
편집 | 유성원 김필균
디자인 | 수류산방(樹流山房) 본문 디자인 | 유현아
저작권 | 박지영 형소진 최은진 오서영
마케팅 | 정민호 서지화 한민아 이민경 안남영 왕지경 정경주 김수인 김혜원
　　　　김하연 김예진
브랜딩 | 함유지 함근아 박민재 김희숙 이송이 박다솔 조다현 정승민 배진성
제작 | 강신은 김동욱 이순호
제작처 | 영신사

펴낸곳 | (주)문학동네
펴낸이 | 김소영
출판등록 | 1993년 10월 22일 제2003-000045호
주소 | 10881 경기도 파주시 회동길 210
전자우편 | editor@munhak.com
대표전화 | 031) 955-8888 팩스 | 031) 955-8855
문의전화 | 031) 955-2696(마케팅), 031) 955-2678(편집)
문학동네카페 | http://cafe.naver.com/mhdn
인스타그램 | @munhakdongne 트위터 | @munhakdongne
북클럽문학동네 | http://bookclubmunhak.com

ISBN 978-89-546-5678-8 03810

잘못된 책은 구입하신 서점에서 교환해드립니다.
기타 교환 문의: 031) 955-2661, 3580

www.munhak.com

— **문학동네**